ぽんぽこぽんの
すっぽんぽん

挿絵　からしまさなえ

はじめに

「お父さん、生きちょる～(生きてますか)」

階段下から二階の寝室に向かって大声で叫ぶのが、この頃、私の朝の日課になりつつある。夜更かし朝寝坊の夫は、放っておくと昼頃まで眠っていることがある。まあ、特別用事がある身ではないのでそれはいいのだが、御年七十六歳。いつまでも寝ているなと思っていたら、永久に起きてこないという事態になっている可能性だってなきにしもあらず。なので毎朝九時過ぎになると、私はまず階段下から叫ぶ。どうせ返事はかえって来ないと知りながら……。夫は最近、とみに耳が遠くなった。

「ああ、もう!」

ぶつくさ言いながら私は階段を上る。たかが二階へ上がる階段、何十段とあるわけではないのだが、ものぐさな性格のせいか、はたまた古希という年齢もあってか、トントントンと軽い足音を立てて上ったりはできない。

ガラリと寝室の戸を開けて、また叫ぶ。

「生きてますか～」

夫は、それに反応して寝がえりをうったりする。体がまだ動く。

「もう九時過ぎたよ」と告げて、生存確認の任務終了。

夫は比較的無口なほうだ。その夫が先日ボソリと言った。

「この頃、お前、いつも歌ってるな」

私がいつも昔の古い歌を歌っていると言うのだ。

そう言われれば、そういう気もする。

「それが、どうかした？」

「認知症になったお袋が、昔の古い歌をよく歌っていた」

「え～っ！　それってもしや、私にその気配があると思って心配しているの？」

「おお、そうだ」という返事。

次の日、はたと気がついた。無防備に大声で歌っている自分に……。歌っていたのは、なんと『しょうじょうじのたぬきばやし』だった。確かに昔の古い歌だ。

しょっしょっ、しょうじょうじ
しょうじょうじのにわは〜

こういう歌が無意識に口をついて出るということは、やはり脳に異変を来たしつつあるということなのか？

おいらのともだちゃ
ぽんぽこぽんのすっぽんぽん

突然、隣りの部屋にいた娘が、顔を出した。
「なんか変！　その歌、間違っていない？　多分、違っていると思うよ。すっぽんぽんじゃないはず」
ハッと気がついた。確かにそうだ。「すっぽんぽん」は裸になった状態を言うのだ。この歌は裸を強調するような歌ではない……。

と、まあ、こういった感じのゆるい日々をダラダラと過ごしている。

化粧をする時はメガネを外してするのでシミ・シワもあまり目につかない。しかし、たまにメガネをかけてじっくり鏡を見るとシミ・シワの多さにギョッとする。

確実に老化は進んでいる。このまま時の流れに身を任せ、無為自然に老いていこうか。いや、ちょっと抵抗してみようか。

そこで文章を書いてみることを思いついた。文章を書けば幾分ボケ防止の役に立つかもしれない。

この頃、我が家では、夫がボケ防止にと買い物や料理などを積極的にしてくれるようになった。おかげで私は暇を持て余してパソコンゲームにのめり込み、一時は一日四～五時間もしていたら、しまいには手首の腱鞘炎になってしまった。

人が作ったゲームをするより、文章を書く方が建設的な気がする。

されど、ろくに本も読まず、深く物事を考えもせず生きてきた身、「おばあちゃんの知恵袋」的なものは何も無い。

「世の中、頭が良くて、しっかりした人が書いた文章は、たくさんあるけど、お母さんのようにドジでおっちょこちょいな人が書いた文章はあまりないと思う。読んだ人がホッとするかもしれないよ」

娘の言葉に後押しされて、何か書いてみることにした。

どうせ書くなら、飾らずありのままを書いてみよう。

ぽんぽこぽんのすっぽんぽん

来し方を振り返り、恥や外聞は投げ捨てて、

ぽんぽこぽんのすっぽんぽん

と裸の自分を書いてみることにした。

目次

クジャクのオリの前

結婚は人生の墓場か

ぽんぽこぽんのすっぽんぽん

読書感想文

右手、左手

小学校に入っても、私は右手がどっちの手で左手がどっちの手なのかよく分からなかった。

一年生の時、担任の先生が「はい、右手をあげて！　次は左手！」と教えてくれたが、私はそれに付いていけなかった。すばやく手を上げる同級生たちを感心しながら見回すばかりだった。

その日、家に帰って、右手はどちらで左手はどちらなのか母に尋ねた。母は「お箸を持つ方が右手で、お茶碗を持つ方が左手」と教えてくれた。

次の日、担任の先生が「右手をあげて！　左手をあげて！」と復習した。「右手」と言われて、私はお茶碗とお箸を持つ格好をした。

「えーとー、お箸をこっちの手で持っているので、こっちが右手だ」

しかし、手を上げるまでに時間がかかり、またしてもみんなに付いていくことができなかった。

歳月がたち、今では即座に右左の区別はつく。

ところが、大人になっても、右、左の区別に時間がかかる者がいる。それは、私の娘。「お箸を持つ方が右手で、お茶碗を持つ方が左手」と、子どもの頃に教えたのだが、未だ右左の判断に時間がかかる。

運転免許を取りに自動車学校に通ったときには苦労したようだ。教習場のコースで、「そこを右に曲がって！」と教官に言われて即座に左にハンドルを切ったり、右はどっちかと停車して考えたり……。

親子とはどうして、こんな似なくてよいところが似てしまうのだろう。

絵日記

夏が来れば思い出す。小学校低学年の頃、夏休み、絵日記をかく宿題があったことを……。

私は絵を描くことが苦手だった。とてもその日にあったことを絵で表現するような器用なことはできなかった。

反対に、父は絵を描くことが好きだったようだ。娘（私）がぐずぐず言って描かないので、絵日記の絵はいつも父が描いていた。たまに私が描こうとすると、自分が描いた絵との落差が際立ちすぎるせいか描かせてくれなかった。

毎日毎日、父はクレパスで、私が川で泳いでいる絵やスイカを食べている絵、七夕の飾りを立てている絵などを描いてくれた。今、これを書きながら、父が描いてくれた絵日記の絵が鮮やかに浮かんでくる。

二学期が始まると、当時は学校で夏休みの作品展があった。先生方の審査の結果、優秀な作品には金紙、その次に良さそうな作品には銀紙が貼られていた。絵日記の部門（？）にも金紙・銀紙があった。

私の絵日記は、大人が描いたとすぐ分かるようなものだったのではないかと思う。しかし、いつも金紙が付けられていた。

今思うに、先生方も親が描いたことがあまりにハッキリ分かりすぎて、親に遠慮して低い評価がつけにくかったのではなかろうか。

私が不器用で何もできないのは、こういう育ち方をしたからかもしれない。下手なりにも絵日記の絵くらい自分で描けばよかったと、この年になって思ったりしている。

余談だが、先日、国宝「臼杵石仏」の絵を描いて娘に見せたら、「マツコ・デラックスみたい」と言われた。

大きな声

幼い頃、私は歌うのが好きだった。家にお客さんが来たりすると、得意気に歌を歌って聞かせていた。
あれは小学校二年生の時の音楽の時間だった。曲もはっきり覚えている。

かきねの、かきねの、まがりかど〜

『たき火』という歌だった。
私は教室の後ろの方の席で、大きな声で歌っていた。
オルガンの伴奏をしながら先生が、「もっと、大きな声で歌いましょう」と言った。
当時、私は頑張り屋で、活発な子どもだった（？）。

私は、もっと大きな声で歌った。

先生がまた、「もっと、もっと大きな声で！」と言った。

私は、もっと、もっと大きな声で歌った。

突然、「バタン」とオルガンのふたが閉まる音がした。先生がつかつかと歩いてこちらにやって来た。

嫌な予感がした。でも、私には何も思い当ることはなかった。先生のいうことを素直に聞いて、私は真面目に一生懸命、歌を歌っていただけだから……。

しかし、予感は的中した。やはり、先生の目的は私だった。

「ちょっと、歌わないでね」

その衝撃は、子ども心に、とても大きかった。

その時から、私は人前で歌を歌うことができなくなってしまった。

へび

子どもの頃、「学校の帰りに、へびを三匹見つけると何かいいことがある」と私は思い込んでいた。

それは私が育った田舎で流布していた迷信だったのか、それとも誰かが口から出まかせに言ったことを私が信じたのかは定かではない。

学校帰り、へびを見つけると「一匹見つけた！」と言って私は喜んだ。二匹目に出合おうものなら、それこそもう必死、あちこちの草むらを棒でつついたりして三匹目を探した。そんな私は、同級生の女の子の誰よりも野性的だったのではないかと思う。

後年、ツアーで夫とシンガポールに行った。期待通りの美しい街だった。

とある観光地の街角を曲がったところで突然、へび使いに出会った。夫はそれを避けるようにして、スタスタと先へ行ってしまった。

へび使いのおじさんは、体長三メートルくらいはありそうな大蛇を首に巻いていた。そのへび使いと、私は目が合った。会話は何もなかった。

次の瞬間、私は大蛇を肩にかけていた。ズシリとしたその確かな重さ……。なんだか心地よかった。

私は大声で、先を歩いていく夫を呼び止めた。当時まだ若く、耳も遠くなかった夫は、すぐさま振り向いた。

その時の夫のギョッとした顔が、今でもスローモーションのようにはっきり浮かんでくる。

手元に一枚の写真がある。へび使いのターバン（帽子）をかぶり、へびの首をつかんでイキイキと目を輝かせている私と、しっぽの先をつまんで思いっきり顔をしかめている夫がいる。

読書感想文

子どもの頃、読書感想文を書くのが苦手だった。いや、苦手というより、まったく書けなかった。

先生は「本を読んで思ったことや感じたことを書きなさい」と言ったが、私にはいくら考えても、思うことも感じることもなかった。

読書感想文の宿題が出ようものなら大変だった。

母が付きっ切りで本を読ませ、「何か思った?」「どんなこと考えた?」と私に尋ねる。私はぽかんとして「なんにも思わんかった」と答える。ほんとに頭に何も浮かばない。

母は、だんだんエキサイトしてくる。せかされ、叱られ、夜が更ける。そのうち私は眠くなる。そして不機嫌になる。感想文は出来上がらない。

「もういいから寝なさい」

母の方がいつも根負けして、匙を投げた。

翌朝、目覚めると、私の枕元には読書感想文があった。夜遅くまでかかって書いたと思われる、母が書いた感想文……。

「早く、これを写しなさい」

これがいつものパターンだった。

私は、本を読むのはきらいではなかった。本を読むのに一生懸命で、いろいろ感じたり思ったりする余裕がなかったのだ。どうしてみんなは感想文を書くことができるのだろうと、不思議でならなかった。

それから歳月がたち、私は母になった。小学二年生の娘が読書感想文の宿題を持って帰って来た。私は娘のそばについて本を読ませた。そして「どんなお話だった？ どんなことを思った？」と娘に尋ねた。

しばらくじっと考えて、娘は言った。

「何も思わなかった」

私は「もう一度読んでみて」と言った。

娘が読み終わったところで、私はまた尋ねた。

「何か思った？」

娘は、すまなさそうな顔をして言った。

「ううん、いっこも（まったく）なんにも思わなかった。何も考えんで一生懸命読んでいたから……」

私には、その言葉の意味が痛いほどよく分かった。

私は、母が昔したように、娘の感想文を一生懸命考え、翌朝、娘にそれを写させた。

なんとその読書感想文が入選してしまった。

レモン哀歌

根拠のない自信

ある時、娘に言われた。

「お母さんは、これと言って何も得意なことがないのに、不思議と根拠のない自信を持っている。その自信はどこから出てくるの？」

意外だった。私は人並み以上に不器用で、日々失敗を繰り返し、コンプレックスをいっぱい抱えて生きているのに。

しかし、そう言われて、ハタと考えてみると、心のどこかで自分を肯定的に見ている自分もいるような気もする。失敗しても立ち直りが早い。

娘に「根拠のない自信」と言われた私のささやかな自己肯定感はどこから来ているのか考えてみると、思い当たることがあった。あれは中学三年生の頃のこと。国語の先生が「標語」を作る課題を出した。どういうテーマだったかは覚えていない。

私は、あまり深く考えず適当に書いて提出した。

次の国語の時間、先生は生徒が作った標語をひとつずつ読み上げて批評した。その時、先生が特に褒めたのが、私が作った標語だった。嬉しくて、そのたわいない標語を今も覚えている。それは……。

ズボン　絞るは　かっこいい

帽子　型変えるは　かっこいい

みんなで　しようよ　かっこよく

そして　行こうよ　少年院

当時、学生服のズボンの裾を細く縫い絞り、学生帽に厚紙を入れて四角く型を変えることが、男子の間で流行っていた。もちろんそれは校則違反だった。私はそのことを軽く揶揄したのだが、先生は妙にこれを気に入って、ほめてくれた。「赤信号　みんなで渡れば恐くない」でビートたけしがブレイクするより、だいぶ前のことだった。

こんな些細なことが、娘が言う「根拠のない自信」に繋がっているのかもしれない（？）。

イカ刺し

中学時代、先生や同級生や親を心配させたことがある。

社会科の歴史の時間だった。先生が、天正遣欧少年使節の伊東マンショは大分県にゆかりがある、という話をしてくれていた。

その時、私の隣りの席の男の子がつぶやいた。

「マンショは、まだ、生きちょんのかなあ」

いくらマンショが、その時、少年でも、まだ生きているはずがない。この突拍子もない彼のつぶやきが、私はおかしくてたまらなかった。プッと吹き出したかった。

しかし、それを聞いたのは、多分、席が隣りの私だけ。授業中、笑う訳にはいかなかった。私は、笑いたい気持ちをグッと我慢した。

しかし、とうとう我慢ができなくなった。

「あははは――――」

私は声を出して笑った。我慢しすぎたからか、一度笑い出したら笑いが止まらなかった。笑って笑って終いには、私は泣き出した。

「えーん、えーん」

教師は驚いたと思う。同級生も驚いただろう。突然、授業中、大声で笑ったり泣いたりしたのだから。

放課後、心配して担任が自転車の後ろに私を乗せて家まで送ってくれた（当時、自転車の二人乗りは禁止されていなかった）。

親も担任の先生の話を聞いて、かなり驚いたようだった。この子は頭がおかしくなったんじゃないだろうかと、そんな心配をしたのではないかと思う。

先生が帰ったあと、母が私に尋ねた。

「食べたい物があれば何でも作ってあげる。何が食べたい？」

その時、私が食べたいと言ったのは「イカ刺し」。大人になってからもイカ刺しを見ると、時々、あの「伊東マンショ事件」を思い出す。

ステーキ

　ステーキを初めて食べたのは、中学校の修学旅行で大阪に行った時だった。ステーキには、ほろ苦い思い出がある。

　夕方の自由時間に私より少し年上の「みっちゃん」という男の子が、学校の許可を得て会いに来てくれた。みっちゃんは向かいの家の子だった。中学校を卒業するとすぐ、集団就職で大阪へ働きに行った。そういう子らが「金の卵」と呼ばれていた時代だった。

　久しぶりに会ったみっちゃんは身長が伸び、髪にポマードなど付けてすっかり垢抜けして、まぶしいほどだった。

　みっちゃんは、私ともう一人、隣りの「よっちゃん」という男の子をレストランに連れて行ってくれた。高級そうなレストランだった。お客も皆、都会的な人ばかり。気後れし、緊張しながら席についた。

「何が食べたい？　遠慮しなくていいから、何でも食べたいものを言って」

　みっちゃんに言われてメニュー表を見ても、料理名には私が知っているものがなく、決められずに気持ちが焦った。

「何が食べたい？」

　再び、みっちゃんに促されて、私の口から「ステーキ」という言葉が飛び出した。

　私は、ステーキを見たことも食べたこともなかった。どんなものなのか全く知らなかった。もちろん、その値段など知る由もない。ただ、「ステーキはおいしいもの」という聞きかじりの概念だけがあった。

　すると隣りのよっちゃんも、「俺もステーキ」と言った。みっちゃんはメニュー表を見て、お店の人を呼び、ステーキを二人前、注文した。

「あれっ、二人前では足りないんじゃないの？」と私が言うと、みっちゃんは「自分はここに来る前に夕飯を食べて来たので、お腹がいっぱい。二人で食べて」と言った。

　みっちゃんはどうして夕飯を食べて来たのだろうと、中学生の私は少し残念に思った。

　しばらくしてステーキが運ばれてきた。

　これがステーキか、なんかシンプルだなあと、私は思った。ステーキを知らない私は、ステーキという料理はもっとカラフルで華やかな感じのものかと、それまでイメージしていた。

ステーキには、ナイフとフォークが付いてきた。ナイフとフォークの付いた料理なんて初めてで、どうやって食べればよいのか使い方が分からなかった。もじもじしながら周りを見回し、見よう見まねで、恐る恐るステーキをナイフで切ろうとした。しかし、うまく切れない。切り離せない。

あまりにぎこちない私のナイフ使いに、周囲の視線がこちらのテーブルに集まっているのが分かった。それでも必死になって肉を切り離し、二、三切れは食べた。緊張のあまり唾液もでなかったのか、さほどおいしいものとも思えなかった。

でも、注文したものは全部食べるのがみっちゃんに対する礼儀。周囲の視線を気にしながら、私は力を入れてナイフでステーキを切り離そうとした。

その瞬間、ツルッと、ステーキが丸ごと皿から外に滑り出た。慌てて、それを拾って皿に戻したが、再び、それを食べる勇気はもうなかった。

みっちゃんは、とても残念そうな、すまなさそうな、悲しそうな顔をしていた。

今思えば、ステーキの値段が高すぎて、みっちゃんは自分の分まで注文することができなかったのではないだろうか。中学校の修学旅行の、ほろ苦い思い出。

レモン哀歌

高村光太郎の詩に「レモン哀歌」というのがある。

そんなにもあなたはレモンを待つてゐた
かなしく白くあかるい死の床で
私の手からとつた一つのレモンを
あなたのきれいな歯ががりりと嚙んだ
トパアズいろの香気が立つ
その数滴の天のものなるレモンの汁は
ぱつとあなたの意識を正常にした（後略）

思春期、私はこの詩にあこがれた。そしてレモンにあこがれた。

妻の智恵子が、死の床で、そんなにも待ち望んだレモン。さぞかし、おいしいものだろう。一度私も、そのレモンを食べてみたい……。

以来、私はずっとレモンにあこがれていた。

しかし、私の生まれ育った田舎ではレモンを見かけることはなかった。そういうおしゃれで高級な食べ物は、町でなければ手に入らないと半ばあきらめていた。

高校一年の秋、チャンスが訪れた。大分市で開催の高校総体。部活（体操部）の顧問の若い男性教師が「何かみんなにおやつを買って来て」と、大会に出場予定のない私に言った。金額は覚えていないが、当時の私にしては大金だった。これくらいあればレモンが買えるはず。しかも、ここは、田舎じゃない県都だ。

「レモンはありませんか」

何軒かお店を巡り、やっと辿り着いたのが八百屋だった。私はレモンが八百屋で売られていることさえ知らなかった。

「あるよ」

その返事を聞いた時は嬉しかった。ついに、あこがれの、あのレモンに巡り合える。

あこがれのレモン

「このお金で買えるだけ下さい」

教師から預かったお金を全額、八百屋の店主に差しだした。

きっと先輩たちも喜んでくれるだろう、あの高村光太郎の妻の智恵子が、あんなにも待ち焦がれたほどのレモンだもの。私はワクワクしながら両手に重い袋を下げて意気揚々と教師のもとへ戻った。

袋の中身を見て教師は唖然とした顔をした。しかし、自信満々の私には、その意味が分からなかった。

これはきっと、みんなの疲労回復に役立つだろう。これを食べると元気が出るはず。

私はレモンを部員に配って回った。しかし、なかなかみんな食べようとしなかった。

「皮ごと齧ればいいのよ」と私は言った。智恵子も皮ごと噛んだのだから……。

同級生に勧めると、一口噛んで、やめた。誰一人としておいしそうに食べるものなし。

がっかりした。まったくロマンのわからない人たちだ。この高級なおいしさがわからないのか！

私はあこがれのレモンを、ガリリと噛んだ。

トパーズ色の香気が立った。智恵子と光太郎の世界……のはずだった。

？　？　？

な、なんだこれは！　酸っぱい！　酸っぱすぎる！　まるでカボスじゃないか、これは！

あこがれは儚く消え、周囲の部員の視線がこの身に突き刺さっていることにようやく気がついた。

カボスの産地で育った少女の「レモン哀歌」。

空想癖

空想癖があるのか、それとも集中力が足りないのか。その辺りは定かでないが、ひとり空想の世界に入ることが多々ある。

高校の時、悲しい体験をした。英語の時間だった。席は一番前の真ん中。教師は、生徒に最も恐れられている人だった。

私は真面目に授業を受けていた。しかし、いつしか、すぅーっと、空想の世界に入っていた。

突然、指名された。何を質問されたのか、分からなかった。

答えられずにいると、教師はにっこり笑って質問を繰り返した。答えられなかった。

「わかりません」

そう答えると、教師は今度はさらに優しく質問してきた。

しかし、いくら優しく質問されても、空想の世界に入っていて授業の大半を聞いていなかった私に答えられはしなかった。私はまた「わかりません」と言った。

それは普通に教師の話を聞いていれば誰でも答えられる問題のようだった。それを、一番前の席で、真面目（そう）に授業を受けていた私が答えられないはずがない。教師はそう思ったのかもしれない。

次の瞬間、英語の教師はこぶしを振り上げて、「貴様、俺をなめちょんのか！」と私を睨みつけた。今にも殴りかからんばかりの形相だった。

「なめてなんか、いません」

私は恐怖におののきながら、小さな声で言った。


そういうこわい経験もあるというのに、私の空想癖はその後も治らない。

先日の夕方、夫が運転する車の助手席に乗っていて、また空想の世界に浸っていた。それは夫がこれから海釣りに行くという展開の空想だった。

「帽子を被って行ってね」

突然、私の口から言葉が出た。もう日が暮れようとしている時だった。しかも家に向かう車の中。言葉はまったく状況に合っていなかった。

私はハッとして運転席の夫を見た。聞こえなかったのか、それともそういうことには慣れっこになっているのか、夫は何も反応しなかった。

クジャクのオリの前

電話恐怖症

私の実家に電話が引かれたのはいつ頃だっただろう。

高校を卒業して間もなく、一か月間くらい書店でアルバイトをしたことがあるが、その頃もまだ我が家には電話はなかったのだろうか。

書店でのアルバイトに際しては、まずマナーを教わった。お客様が来られたら、大きな声で「いらっしゃいませ」と言うこと。これが恥ずかしくてなかなか言えず、いつも小さな声でモゴモゴ言っていた。

しかし、それ以上に大変だったのが、電話の応対。電話がかかったら「はい、○○書店でございます」と名乗り、「どちら様でしょうか」と相手に尋ねる。相手が「○○です」と名乗ったら「○○様ですね」と確認、「少々お待ちくださいませ」と言って取り次ぐよう教わった。

それまで、私は「ございます」などという格式ばった言葉を使ったことがなかった。そういう言葉で滑らかに話す自信が全くなかった。電話に出るのが恐かった。できることなら避けたかった。

避けきれずたまに電話に出ることがあったが、うまく応対ができなかった。緊張のために、受話器を持つ手も話す声も震えた。相手が「山田です」と名乗っても、緊張しすぎて聞き取れず、「はっ？　すみませんが、もう一度お願いします」と聞き返し、「ヤマガ様ですね」。こういう類いの失敗をよくした。

ある日、電話の相手に「どちら様でしょうか」と尋ねると、相手は「エキです」と名乗った。私は「エキ様ですね」と確認し、「少々お待ちくださいませ」と言って主任に取り次いだ。

「あのう、エキ様からお電話です」

怪訝な顔をして電話に出た主任は、「駅に荷物が届いているから、受け取りに行って」と他の店員に言った。「エキ様」は「駅」だった。

脚光

私は地味で目立たないタイプの人間だ。自分でそう認識している。頭脳明晰でも美人でもない。人生で脚光を浴びるようなことは今まで全くなかったような気がする。

しかし、振り返ってみると、大勢の観客の前でスポットライトを浴びている私がいた。髪に白い粉（天花粉）をつけ、顔中皺だらけで腰をかがめて舞台に立っている。それは、まぎれもない私の姿。

学生時代に、菊池寛の『屋上の狂人』という演劇をしたことがある。私は巫女の役だった。

舞台に上がると、ドキドキした。あがり症が手伝ってか、一気に神がかり状態になって巫女役を演じた。

セリフの一部を今も覚えている。

我は、当国象頭山《ぞうずさん》に鎮座する金比羅大権現なるぞ。

この家の長男には鷹の城山の狐がついておる。

木の枝に吊しておいて青松葉で燻《くす》べてやれ。

わしの申すこと違《たが》うに於いては神罰立ち所に到るぞ。


私は、巫女になりきって、その役を演じていた。

それから、周囲の私に対する態度が変わった。先輩たちも、急に好意的な目で私を見てくれるようになった。面白い奴、そう思われたようだ。

次の年は『アルト・ハイデルベルク』という王子と町娘の恋の物語だった。私は王子の家庭教師の博士役に選ばれた。（渋い役どころばかり）

私が登場するや、会場には大きな拍手が起こった。前の年の巫女役をみんな覚えていてくれていたのだ。たいしたセリフもなかった気がするが、その時もみんな爆笑し、大いに受けた。

世人の注目などとは縁のない私の、少しばかり脚光を浴びたひと時の話。

痴漢

学生時代、寮の四人部屋に寝ていて痴漢に入られたことがある。春先だった。寝入っていて、足を触られた気配がして、ガバッとはね起きた。

布団の足元に、男がいた。目が合った。細身の結構ハンサムな若い男だった。私は、また寝た。（どうぞという意味ではない）

不意の出来事に、どう対処したらよいのか分からなかった。大声を上げて痴漢に殺されることだってある。寝たふりをして痴漢が去って行く（?）のを待とうか。しかし、寝たふりなどできる状況ではない。ガタガタと体が震えてきて決心した。

私はむっくと起き上って叫んだ。

「どろぼう、どろぼう！」

本当は「痴漢」という言葉が真っ先に浮かんだのだが、そのハンサムな男をそう呼ぶのはちょっとかわいそうな気がして「どろぼう」と叫んだ。(この微妙な心遣い、分かるかな？)

痴漢は走って逃げた。

こうなったら、私は強い。「どろぼう、どろぼう！」と叫びながら男を追いかけた(しかし、逃げられてしまった)。

先日、その時、同室だった友人が遊びに来ての思い出話。

あの時、あなた、黄色いネグリジェを着ていたね。夜中に突然、叫びながら部屋から飛び出して行ったので、寝ぼけてる、早く止めなきゃと思った。

あの後、あなたがとった行動、覚えてる？　じっと鏡に向かって黙っていたので、よほどショックを受けたのだと心配したら、あなた、こう言ったね、「化粧をしてないこんな顔を痴漢に見られて、恥ずかしい」と……。

痴漢騒動の後、そういうことを言ったかどうかは記憶に定かではない。しかし、あの時、痴漢を追いかけていて、ネグリジェの裾を踏んでフリルが取れてしまったことは覚えている。

キャンプ

就職して初めての夏のこと。突然、知らない男性から職場に電話がかかってきた。その人は「組合の青年部でキャンプを計画したので一緒に行きませんか」と私を誘った。周りに相談してみると、「出会いのチャンスだから行った方がいいよ」とのこと。恋人のコの字にも無縁の二十三歳の私。期待に胸ふくらませて参加した。

参加者は男女合わせて約二十人。初対面の人がほとんどだった。見回せば素敵な人もいた。恋の予感がした。チャンス到来か？

こういう場合、女性らしさをアピールするのは食事の支度の時ではないかと思った（？）。甲斐甲斐しく料理をする私の姿を見て惚れる男の一人や二人は……（と思いたかった）。

夕食のメニューは定番のカレーライス。ところがじゃがいもの皮を剥いていて、いきなりグサッと手を切った。これじゃあ減点だ。

翌朝は、ご飯と味噌汁。みんなテキパキと動いている。私も何かしなくては……。しかし、何をすればよいのか分からない（実は私は、その年になっても味噌汁の作り方を知らなかった）。

でも、何もできない女と思われるのは嫌だ。何かしなくては……。

目の前に黒いものが置いてあった。間違いなく味噌汁に入れるものだ。そう確信した私は、それを鍋の中に入れた。

間もなく、騒ぎが起こった。

「えっ〜、これは何？」

「わぁー」

味噌汁の鍋からタコ入道のような物がおどり出ていた。

「ワカメだ。ワカメを切らずに入れたのだ。誰だ、こんなことをしたのは」

あまりの恥ずかしさに、私は名乗り出ることができなかった。

白いスパゲッティ

白いスパゲッティとの初めての出合いは、お腹がすいて一人駆け込んだ喫茶店。メニュー表のスパゲッティという字に「これを！」と指さして注文した。

当時、私はケチャップ味のナポリタンしか知らなかった。だから、スパゲッティ、イコール、ナポリタンだった。

ところが、出てきたのはなんとも不可解なものだった。赤くなく、白かった。戸惑った。スパゲッティなのになぜ白い？　どうやって食べればいいのだろう？　キョロキョロと見回すと、テーブルの上に小瓶が置いてあった。赤い。そうか。これをかけて食べればよいのだ。

私は、その小瓶の中のケチャップ色したものを白いスパゲッティにふりかけた。皿一面が赤くなるまでふりかけた。小瓶が空っぽになってどうやらナポリタン風に仕上がった。

これで準備万端、やっと食べられる。

お腹がすいていたので、ガバッと口に入れた。すると、口の中がヒリヒリピリピリ……。

何だ、これは？　辛い、辛すぎる！　口から火を噴き出しそうだった。

しかし、私はスパゲッティを吐き出さなかった。お腹がすいていたからだ。それに、残したらもったいない。顔じゅうの汗を拭きながら食べ続けた。そして、食べながら思った。なんて料理の下手な店だ。もう二度とこの店に来るものか……。

それからしばらくして、私は知った。スパゲッティ、イコール、ナポリタンではないということを。私が白い、と思ったのは、おそらくクリームスパゲッティだったのだろう。

そして、皿一面にふりかけた小瓶の中身は、赤トウガラシで作ったタバスコだったということも。

あの日、店の奥からチラチラと心配そうに、こちらを見ていたマスター……。思い出すたびに、顔が、カッと熱くなる。

クジャクのオリの前

好奇心は結構強い。二十四歳の頃、お見合いの話があった。私に初めて来た縁談だった。お見合いで結婚する気は更々なかった。しかし、「将来の話のタネ、青春の記念に一度お見合いを経験しておくのもいいかもしれない」という気になって、お見合いをしてみることにした。

この話を持って来てくれたのは、私の小学一年生の時の担任の先生。写真や経歴などの交換もなく、両家の親の立ち会いもないというのが気に入った。

某月某日、大分市の若草公園の「クジャクのオリの前」で相手と会うことになった。

その日、私は待ち合わせの時刻より少し早く公園に行った。そこには一人の男性がいた。ブルーのワイシャツ、派手なネクタイ。私の好みのタイプではなく、内心がっかりした。

しかし、私はにっこり笑って近づいていった。

「初めまして」と挨拶、相手も「初めまして」と言った。

真夏だった。私が「暑いですね」と言えば、相手も「暑いですね」と言った。

そのうち、相手が積極的に話しかけてくるようになり、私は戸惑った。

さっさと帰りたいような気分になって遠くに目をやると、向こうから日傘を差して公園に入ってくる先生の姿が見えた。少し離れて、白いワイシャツ姿の男性が歩いて来ていた。

もしかして、あの人がお見合いの相手？　じゃあ、この人は？

私はお見合いの相手を間違えて、他の人に声を掛けていたのだ。

白いワイシャツの男性は、ブルーのワイシャツの男性より、少し清潔感があるような気がした。

「話のタネに、青春の記念に……」と思ってした最初のお見合いで、私はそれから半年後、どういう訳かクジャクのオリの前にあとから来た人と結婚してしまった。

計画性のない私の生き方は、今も昔も同じだなと、これを書きながら改めて発見したような気がしている。

結婚は人生の墓場か

結婚は人生の墓場か

結婚する前、私の頭には「結婚は人生の墓場」「棺桶に片足突っ込むようなもの」「釣った魚にエサはやらない」「三年目の浮気」……などという言葉がインプットされていた。

若い私は、結婚とはそういうものかと真に受けていた。

結婚したら恋も愛もすぐに消えて、夫婦というものは皆、惰性で結婚生活を続けているのかと思っていた。

結婚を意識し始めた頃、私は知り合いの女性に質問してみた。その人は結婚して一年たつかたたないかくらいの人だった。

「あのー、倦怠期はいつごろ来ましたか？」

その人は、びっくりした顔をして、こう答えた。

「まだ倦怠期が来ないので、わかりません」

私は驚き、そしてすごいと思った。一年たっても倦怠期が来ないなんて、よほど仲が良いのだろう。

それからしばらくして、私は結婚を決意した。

いくら付き合っても、男性は結婚したとたんに「釣った魚にエサはやらない」と豹変するかもしれない。長く付き合っても無駄だ。「吉」と出るか「凶」と出るかは、結婚してみないとわからない。

結婚はギャンブルだ！

やってみるしかない！

出会って三か月目に結婚を決め、半年後に式を挙げた。

そして、やっと結婚の真実の姿を知った。

それからウン十年。銀婚式はとうの昔に過ぎ、金婚式まであと数年。

しかし、未だ私に倦怠期は来ない。（夫はどうだかわからない）

釣られた魚（？）は、釣り人（？）を振り回すほど自由気ままに暮らしている。

蒲団

結婚してまだ日が浅い頃のこと。当時、私はしっかり者のしとやかな嫁を目指していた。

ある日、この家から県外に嫁いだ夫の叔母夫婦がやって来た。

不器用な私はドギマギしながらも一生懸命もてなし、良い嫁ぶりを発揮しようと努力した（つもり）。

夜になり、叔母夫婦は泊まることになった。

義母が、二階の押し入れにある蒲団を一階の座敷に敷くよう私に言った。寒い時期だったので、たくさんの夜具が必要だった。

急な階段の上がり降り。足を踏み外さないよう注意しながら蒲団を抱えて、座敷まで静々と運んだ。結構大変だった。

突然、いいアイデアが浮かんだ。私は二階の階段の上から蒲団を滑らすように下に落としてみた。

そうだ。こうして二階から落として、それから座敷に運べば何度も階段を上がったり降りたりする必要はない。なんと合理的なことだろう。

すっかり気をよくした私は、二階から次々に蒲団を投げ落とした。

ドドドー、ドドドー。

真綿の入った重い蒲団が階段を落下する音は、階段横の茶の間にいた義母や叔母夫婦の耳に間違いなく届いていただろう。しかし、当時の私は、そこまで考えが及ばなかった。私は、自分の合理的な考えに酔いしれていた。

ドドドー、ドドドー、ガッシャーン！

気になる物音。上から覗くと、階段下には、義母と叔母夫婦と夫の顔があった。その傍に、義母がその朝生けた花と、割れた花瓶が散乱していた。

新婚の嫁の印象がよかろうはずがない。

コロッケ

結婚したばかりの頃、近所のおばさんが畑の草取りに来てくれた。義母はその日、留守だった。

こういう場合は、昼食を出したほうが良いのではなかろうかと思ったが、まったく料理に自信がなかった。それでも嫁としての使命を果たすべく、オロオロしながら昼食を作って出した。どんなメニューだったかは覚えていない。しかし、一品だけ、はっきり覚えている。それはコロッケ。

冷蔵庫に入っていた冷凍のコロッケを油で揚げて出した。おばさんは「おいしい」と言って食べてくれた。

おばさんが帰った後、恐る恐る味見をして驚いた。コロッケの中がドロッとして何だか変だった。料理の仕方が悪くてコロッケがいたんでしまったと思った。お腹を壊したら大変。薬と水を持っておばさんの家に行った。そして、訳も言わず（言えず）「すみません。この薬を飲んでくれませんか。お腹の薬です」と言って薬を差し出した。

おばさんは訳が分からず、「どうして？」と私に尋ねたが、「私の料理の仕方が悪くてあのコロッケはいたんでいました」とは言えず、ただ「この薬を飲んでください」と懇願するばかり。根負けしておばさんは「あんたの気が済むなら」と言って、私の目の前で薬を飲んだ。

その日一日、「どうか、おばさんが、お腹を壊しませんように」と私は祈り続けた。

それからしばらくして、私はクリームコロッケというものがあることを知った。それまでは、コロッケと言えばポテトコロッケしか知らなかった。私がドロッとして傷んでいると思ったコロッケは、本当はトロッとしていてクリーミーなコロッケだったのか？

食事を出された後で、訳も言わず、無理やり薬を飲まされた人はあまりいないだろう。

扇風機掃除

結婚して初めての秋、扇風機を掃除して仕舞うようにと夫から言われた。

当時、家にエアコンはなく、暑さ対策のメインは扇風機だった。扇風機は確か、家に三台あった。

私はそれまで扇風機の掃除をしたことがなかった。でも、扇風機掃除くらいは自分にもできる、雑巾で拭いてきれいにするだけだ、簡単だ。そう思って取り掛かった。

まず扇風機の表面の汚れを、上から下まできれいに拭きとった。それから頭の羽根の部分を拭こうとした。そこが結構汚れていた。しかし、ガードに阻まれて羽根まで手が届かない。雑巾でそこの汚れが拭きとれない。いろいろ試行錯誤してみたが、気になる部分をきれいにすることができなかった。

中途半端に掃除を終わらせるのは嫌だ。几帳面な性格でもないのに、その時の私はそう思った。なんとか扇風機の隅々まできれいに掃除出来ないものか？

その一途な思いが通じたのか、いい考えが浮かんだ。

私は扇風機を風呂場に持って行って水道の水をかけてみた。おお、これなら隅々まできれいにできる。雑巾を使って、あんなに苦労をすることはなかった。何と効率的なことか！　気をよくしながら私は風呂場で扇風機を洗った。

「扇風機に水をかけたのか！」

突然、背後から夫の驚いたような声。

「水をかけたら何かいけないの？」

私は振り返り夫に尋ねた。

「電化製品を濡らすと、漏電やら感電やらの恐れがある。故障して使えなくなってしまう可能性もある」

私は驚き、うろたえた。夫は素早く雑巾で扇風機に付いた水を拭き取り、ガードを取り外し、羽根まで外してきれいに拭き上げた。

その時、私は初めて扇風機は分解して掃除できるということを（も）知った。どうしてあんなに常識不足だったのかと、今さらながら思う。

ターちゃん

ターちゃんは、私が初任地の大分県竹田市で同じ職場だった人だ。出会った当時、ターちゃんは四十八歳だった。独身のターちゃんは精悍な顔付きで、目がキラキラ輝いていた。私にはその目はターちゃんの純粋さを物語っているように思えた。自然の中にいるのが好きで、休日にはよく山登りをしているとのことだった。私にもよく、心に沁みるような山の美しい写真を見せてくれていた。清涼感のある澄んだ声で、歌もうまかった。

黄昏の灯はほのかに点りて
懐しき山小舎は麓の小径よ

ターちゃんはこの『山小舎の灯』という歌をよく口ずさんでいた。私にはターちゃんは「万年青年」という言葉がぴったりの人だと思えて、本人にもそう伝えたことがあった。

就職二年目、私は結婚して身籠った。つわりもほとんどなく、常に食欲旺盛だった。かなりお腹が目立つようになったある日。十時の休憩時間に、一階の総務課で勤務するターちゃんがトントントンと階段を上って二階の私の仕事場へやって来た。そして、「これ、食べる?」と言って、四角くてかなり大きな蒸しパンを差し出した。

私はすぐにその蒸しパンを頬張った。おいしかった。「おいしい、おいしい」と言いながらペロリと食べてしまった。

ターちゃんは私の食べっぷりが気に入ったのか、次の日から毎日、蒸しパンを買って十時の休憩時間になると私のところへ届けてくれた。

私はその蒸しパンを「ターちゃんまんじゅう」と名付け、産休に入るまで飽きることなく食べ続けた。

思い出すたびに今でも心がほんわかしてくるが、その後、私は転勤になり、さらに転職もして、ターちゃんと会うこともなくなった。

年賀状のやり取りだけは数年続いたが、ある年、ターちゃんの兄という方からお手紙を頂いた。五十五歳で定年退職するとすぐ、ターちゃんは亡くなられたとのことだった（詳しい事情は書かれていなかった）。

あれからもう四十年以上過ぎたが、今もターちゃんは澄んだ瞳と清らかな歌声と穏やかな笑顔の万年青年のままで、「ターちゃんまんじゅう」と共に私の心の中に生き続けている。

弁当

結婚するにあたって、私が一番心配だったのは料理だった。それまで料理というものをろくにしたことがなく、鯵と鯖、キャベツと白菜の見分けもつかない程だった。

ある日、義母から「ナマコを出して」と言われて、台所に行って探したが見つからない。「どこにあるのですか」と尋ねると、「流しのボールに入っている」とのこと。

流しは当然見た。その時、私が「ドロッとして気持ちの悪い物体」と思ったのがナマコだった。驚いた。私はその時まで食卓に出る細かく切ったナマコ、それがナマコ一匹だと思っていた。

そういう状態だったので、夫が毎日持って行く弁当作りにも苦労した。手早く段取りよく弁当を作れなかった。

私は毎日、ノートに弁当の絵を描いた。弁当箱を描いて、ここに卵焼き、ここにソーセージ、ここには何を入れようか、野菜は何を入れたらよかろうか、とあれこれ考えながら絵を描いた。そして、弁当の絵の横に必要な材料を書き出して忘れないよう買い物をした。いつしか弁当作りにも慣れ、絵を描かなくても作れるようになった。

何年かして夫が僻地で働くようになったことがある。そこには雑貨屋が一軒あるきりで、食べ物はインスタントラーメン以外は置いていないとのことだった。夫はインスタントラーメンが嫌いで食べなかった(今は食べる)。

ある日、夫が弁当を忘れて出てしまった。昼食抜きで働くのは辛かろう。しかし、フルタイムで働いている私が僻地まで弁当を届けに行くわけにはいかない。何とかできないものか？ 自分の出勤時間も迫っていた。

私は車を飛ばして僻地へ行く路線のあるバスの営業所に駆け込んだ。そして「この弁当を、どこそこで働いている○○という者に届けて頂けないでしょうか」と必死で頼んだ。バスの営業所の人はポカンとしていたが、運転手さんの機転と温情で、何とか昼までに夫に弁当を届けることができた。

弁当には、そんな思い出もある。

家出

家出

三十代の頃、夫とけんかをして家出をしたことがある。何が原因だったのか、もう憶えていない。

朝、外泊の支度をして出勤した。仕事が終わると、行く当てがなくて困った。「実家に帰ると親が心配するだろうな」と思い、近くの湯治宿に行くことにした。

宿の人に「後で、お連れ様がみえますか？」と尋ねられて戸惑った。ここは逢い引きで使われるような宿なのか？

案内された部屋は二階にあった。かなり広い畳の間で、シミや色褪せの多い古いふすまに囲まれていた。鍵をかけるところがなく、ふすまを開ければどこからでも出入りできような部屋だった。

幸い（？）他に泊り客はいなかったが、そのこともまた心配だった。宿の古さが幽霊でも出かねないような雰囲気を醸し出していて、安心して眠れるような部屋ではなかった。警戒して電気も消さず、ほとんど眠れなかった。

一晩で家出に懲りて、翌日は仕事が終わるとすごすご家に帰った。

夜、小学一年生の息子の「連絡帳」を開いてみた。担任と保護者との連絡ノート。これに目を通すのが当時の日課だった。

ページをめくると鉛筆書きで「きょう　おかあさんが　いえでしました」と、息子の字で大きく書かれていた。

いつも担任は読んだあとには確認印を押して返してくれていたが、その日は印が押されていなかった。たまたま出張で読まなかったのかもしれないと少しホッとして、急いで消しゴムで息子の字を消した。

息子に「きのう、先生は学校にいなかったの?」とたずねてみると、「ううん、いたよ。きょう給食のとき、ボクのところに来て『お母さん、もう帰ってきた?』と聞いたよ」とのこと。すべて、バレバレ。

あれ以来、家出はしていない。

もへ…帰って…きたの?

雑な母親

大人になった娘がある日、突然言った。

「私、小学校の頃、お母さんが縫った雑巾を学校に持って行くのが嫌だった」

意味が分からなかった。学校に持って行くのが嫌な雑巾？　心当たりがなかった。雑巾は掃除ができるものであれば何でもよいはず。学年始めや学期始めには親として責任を持って雑巾を手縫いして、ちゃんと持たせていた。その何がいけなかったのか？

娘は言った。

「お母さん、白いタオルを折りたたんで、黒い糸で雑に縫っていたでしょ。よそのお母さんはミシンをかけて丁寧に雑巾を作っていたわ。私は教室で出す時に恥ずかしくて、他の人が出した雑巾の下に潜り込ませて隠すようにして出していたのよ」

私が育った頃、雑巾は大抵、家のぼろ布を手縫いしたものだった。しかし、娘の頃には雑巾が店で買える時代になっていた。

意匠を凝らした美しい縫い取りの雑巾。家庭で作る場合でもミシンで丁寧に縫っていたのかもしれない。

そうならそうと早く言ってくれれば良かったのに。今更、そんなことを言われても……。

娘は続けて言った。

「私、家庭科の時間、お母さんのやり方を発表して、何度も恥をかいたのよ」

どういうことか尋ねたが、娘はそれ以上は言わなかった。しかし、一つ思い当ることがあった。

当時、味噌汁を作る時には、いりこ（煮干し）を取り出さずにそのまま家族に食べさせていた。大事なカルシウム源、捨てるのがもったいない気がして。

家庭訪問の時、息子の担任が笑いながら言ったのを覚えている。

「好きな食べ物・嫌いな食べ物を書かせたら、嫌いな食べ物に『いりこ』と書いてありました」

思い返せば、雑な母親だったかもしれない。

カラオケ

三十代後半の頃のこと、同じ職場の二十代の女性から悩みを打ち明けられたことがある。彼女の悩みは、音痴なので飲み会が恐いとのことだった。飲み会でカラオケが始まると逃げるようにして家に帰ると話してくれた。

小学生の頃、通知表に「音感があまりよくない」と書かれていたことが原因のようだった。私には彼女の気持ちがよく分かった。

「人前で歌えない者同士、今日仕事帰りにカラオケに行って練習してみない？　勇気を出して歌ってみようよ」

仕事が終わると二人でカラオケ店に直行した。

予約した時間は一時間。しかし、二人ともコチコチに緊張してマイクを手にすることができなかった。お互い先を譲り合う。時間だけが刻々と過ぎる。

何も歌わないでお金を払うのはもったいない。私の気持ちが決まった。

「私が先に歌うからね」

一曲歌い終わると、「全然、音痴じゃありません」と興奮気味に彼女が言った。次は彼女が歌う番。

私は彼女が歌った曲を、はっきり覚えている。テレサ・テンの『つぐない』だった。うまいのなんの、私は心底驚いた。「どこが音痴なのよ！　もっと自信を持つべきよ」

次の日、私は大胆にも上司二人をカラオケに誘った。

「私たち二人は、音痴で人前で歌えないという悩みを持っています。それを克服するために一大決心をして、今日、初めて人前で歌います。どうか聞き役になってもらえませんか」

上司は酒も出ないまま審査員になった。

はじめに私が一曲歌った。清水の舞台から飛び降りるような気持ちだった。審査員の評価は「うまい、音痴じゃない」。

次に彼女が歌うと、二人とも拍手喝采。

その日から、彼女は変わった。今ではすっかり「カラオケの女王」。

私は……なぜだか、いまだ「とべないホタル」。

黒　服

お葬式に隣町まで行くことになった。式場名と所番地は聞いていた。しかし、実際、その式場がどこにあるかは知らなかった。行けば何とかなると思っていた。

このあたりと思われるところで車から降りると、すぐ前に黒い服を着た男性二人が歩いているのが目に留まった。

ほら、やっぱり何とかなるものだ。あの二人もお葬式に行くのだ。

私は一安心して、二人の後について行くことにした。

暑い夏の日だった。太陽がぎらぎら照りつけていた。私は下を向いて黒い服の男たちの黒い革靴のかかとのあたりを見ながら歩いて行った。

かなり歩いた。革靴のかかとが止まった。

「着いた」と思って顔を上げると、そこは狭い路地裏の行き止まりだった。見るとスナックと思われる店の前。入り口には、閉店を告げる紙が貼られていた。

この人たち、道を間違えたのか、と思った。

私は二人に声をかけた。

「○○家のお葬式に行くのでしょ。私も、どこであるのかわからなくて……」

男たちはギョッとしたように振り向いた。二人とも派手なネクタイをしていた。私は自分の勘違いに気がつき、ばつが悪くなって逃げるようにその場を立ち去った。

慌てた。これではお葬式に遅れる。急いで誰かに尋ねなくては……。

もと来た道を引き返し、しばらく歩くと、向こうから歩いてくる人たちがいた。黒い服を着ていた。あの人たちもお葬式に行くのだと、ホッとした。

ところが近づいてよく見ると、さっきの黒い服の男たちだった。二人はニヤッと笑って言った。

「お葬式の会場、見つかりましたか？」

その日、私が開式に遅れたのは言うまでもない。

斎場の怪談（？）

雨の夜、お通夜に出かけた。

車を斎場の第二駐車場に停めて、式場には裏口から入ることにした。

ひとりのおじさんが私の後をついて来ているのが分かった。

このひと、裏口から入るのは初めてなのかな、と思った。

開式まで時間があったので、その前にトイレに行っておこうと思った。でも、あのおじさん、間違ってトイレまでついて来ないかしら？　と、少し気になった。

トイレは裏口から入って一階あがったところにあった。明かりをつけて、おじさんがついて来ていないか確認のため振り返ると、なんとくっつかんばかりのところにおじさんの顔があった。

私は慌てて言った。

「ここは、女子トイレです！」
おじさんはびっくりしたような顔をして、姿を消した。
用を済ませて、出口のところで振り返って確認した。
ほら、ここは、女子トイレでしょ！
……ん？　なに？　そこには男子トイレのマークがあった。
ええっ！　そんな……何かの間違い……。目をパチクリさせて、もう一度確認した……
が、トイレのマークが男子から女子に変わることはなかった。

ネットの恋

交通事故　その一

もう何十年も前の話である。

我が家に泊った母を翌朝、母が勤めていた職場まで送って行く途中で、私は追突事故を起こした。

場所は見通しの良い道路の、押しボタン式の信号機のある横断歩道だった。人は誰もおらず、信号は青だった。

前を走っていた軽トラックが突然、急停止した。慌ててブレーキを踏んだが間に合わず、私の車のバンパーが軽トラの荷台の下に潜り込んでしまった。

車をぶつけたのは私。この場合、私が悪いと判断した。車を止め、まず謝り、話し合いをしなくてはと思った。

ところが、ガガガーッとバンパーが擦れる音がして、前の車がいきなり発進。何事もなかったかのように走り始めたのである。私は、謝らなくては……と思って追いかけた。軽トラがスピードを上げたので、私もスピードを上げた。しかし、徐々に軽トラは遠ざかり、私は追いかけるのを諦めた。人生、想定外のことがある。

交通事故　その二

三十代半ばくらいの頃、交通事故を起こしたことがある。場所は町の中心部入り口の信号機のある交差点。そこは直進レーンと右折レーンに別れていた。信号は青だったので私はそのまま直進しようとした。すると右折レーンにいたバイクが突然、私の車の前に倒れ込んで来た。

急ブレーキをかけたが間に合わなかった。バイクは視界から消えて車の下に潜ってしまった。

生きているだろうか？　慌てて車から降りて確認すると、車の下にバイクと女性が倒れていた。女性は意識はあったが、腕に車の前輪が載っているらしく、身動き取れない状態になっていた。

急いで近くの家に駆け込み、１１９番と１１０番に通報を依頼した。すぐに救急車とパトカーが来た。

警察の現場検証を受け、バイクの女性が運ばれた病院へも行った。骨に異常はなく打撲症とのことで、ひとまず安堵した。

それにしても、どうして右折車線にいたバイクがいきなり直進車線に倒れ込んで来たのだろうか。解せなかった。こういう場合、やはり轢いた方に罪があるのだろうか。

保険会社や職場の上司にも報告。相手の家にお詫びにも伺った。女性は私を責めることなく接してくれた。

ところが数日して、夜、家に電話がかかって来た。その女性の親戚と名乗る人からだった。いきなり「旦那を出せ」と言った。

私はカチンときた。

「私が起こした事故なのに、どうして夫を出さなければいけないのですか」

女を軽く見ているのかと腹が立った。ここですごすご夫を電話に出したら女がすたる。意地でも出すものか。一時間以上、電話で応戦。女の強さが分かったのか(?)、その後、その「親戚」から電話はかかって来なかった。

保険金の話を農協ですることになった。一人で行くと、相手の女性は来ておらず、その連れ合いと、連れ合いの上司という人の二人が来ていた。

何故、当事者が来ないで、連れ合いの会社の上司まで来るのだろう。上司は上司で、私が女一人で来たことに驚いて拍子抜けしたような顔をしていた。

上司が私に差し出した名刺を見ると、珍しい苗字。同じ苗字の知り合いがいたのでその人の名前を口にすると、「ちょっと用事があるので失礼します」と言って上司はそそくさ帰って行った。

それからしばらくして、スーパーで私が轢いた女性に会った。

「大丈夫ですか?」と話しかけると、「昨日、警察に呼ばれました。交通違反で処分を受けることになりました」と言った。意外な話に驚いた。

「実は、ブレーキの効かないバイクに乗っていたのです。信号が青だったので右折しようとしたら対向車が来たので、慌てて足をついて足でバイクを止めようとしたのです。しかし止めることができず、バイクごと倒れてしまったのです」と、すまなさそうに話してくれた。

その後、警察にバイクを押収されて、ブレーキの欠陥を見抜かれたのだそうだ。

その後、私には警察から何の処分も来なかった。それはともかく、相手の女性が無事でよかったとつくづく思う。

気圧

飛行機での初めての海外旅行は香港だった。

バブルの時代。私も、まだ若かった。夫と、母と、妹と四人での旅。ワクワク感いっぱいで、飛行機に乗る前から、免税店でウイスキーを買ってロビーで飲んだりした。

いざ、搭乗！

機内のサービスは行き届いていた。高級なワインやブランデーも無料サービス。あれこれ注文して飲んだ。

しばらくウトウトしてトイレに立った。通路を歩いていても酔っている感覚はなかった。ところが途中で、意識がふわりと遠のいた。すぐに気がつくと、色の黒い人やら白い人やら見慣れぬ外国人の顔が目の前に迫ってきた。あっと思った瞬間、私は一人の外国人男性の太い腕に抱きかかえられた。

しかし、うっとりとその腕に身を委ねているわけにはいかなかった。私はトイレに行く途中だったのだから。何とか身を起こして、よろよろとトイレに駆け込んだ。すぐに客室乗務員さんがやってきて、トイレのドア越しに、「大丈夫ですか?」と声をかけてくれた。そして私を救護室(?)に連れて行って寝かせてくれた。

私がトイレに立った時、夫も母も妹もみんな眠っていたようだ。気がつくと、私がいなかった(らしい)。トイレだろうと思っていたが、時間が経っても戻ってこない。心配になって夫は私を探したという。トイレもくまなく見たがどこにもおらず、途方に暮れかけていると、「ユア、ワイフ?」と声がして、閉じたカーテンを指さされたのだという。

カーテンの中で、やっと夫婦再会。気圧の低い飛行機内ではアルコールの酔いが回りやすいということを、身をもって知った。

方向感覚

これといって自信が持てるものがない私だが、動物的な勘（直感力）は幾分あるのではないかと思っている。その一つが方向感覚。

一般的に、女性は男性に比べ方向感覚が劣ると言われる。しかし、私は夫より方向感覚が優れていることは確か。一緒に車に乗っていても、この道をこう行けばどこに出るとかは、私の方が良く分かる。

車から降りて一人で歩いている時でも、勘を頼りに、あまり迷わず、あちこち行ったり来たりすることができる。

その数少ない自信を、失いそうになった出来事がある。

ある日、車で一時間ばかりのところに温泉がオープンしたという情報を仕入れ、夫と出かけた。温泉の建物は斬新なデザインで、施設の中は新しい木の香りと温泉特有の匂いが漂っていた。うわさに違わぬ素敵なところだった。

たくさんのお客さんが来ていて大盛況。夫は男湯、私は女湯に、それぞれ分かれた。脱衣所も清潔感に満ちていた。

さあ、湯船に！

初めて来た温泉だが、方向感覚には自信がある。私はワクワクしながら、タオルを胸にあてて迷うことなく歩いて行った。

そして大浴場の引き戸をガラガラガラ――。

目の前に赤いのれんが下がっていた。のれんの向こうには服を着た人がゾロゾロ歩いていた。そこはお客さんで賑わう通路だった。

え？
ガラガラ

ネットの恋

恋などもう無縁だと思っていた五十代。突然、私は恋に落ちた。

五十一歳でパソコンを覚え、すぐにインターネットの「掲示板」にはまった。掲示板は、こちらが何か投稿すればそれを見た人が何か書き込んでくれる仕組みになっていた。実名は明かさず、ハンドルネーム（ネット上の名前）でそれぞれ自由に投稿していた。

たくさんの友達ができた。その中に素敵だなと思える人がいた。どこの誰かも分かりはしないのに、私はその人の書いている文章に惚れてしまった。

ネットの恋は大変だった。何もかもベールに包まれた存在だから、それだけ神秘的で魅力的だった。徐々に相手のイメージがふくらみ、頭の中で自分の理想のタイプが出来上がり、その偶像に恋をしてしまった。

仕事から帰ると私は毎晩、パソコンの前に座り、身を焦がしパソコンに向かってさめざ

めと泣いた。（はたから見れば、さぞ滑稽だっただろう）
夫も娘も慣れたもの。そんな私を困ったものだと呆れながら、「その人に会ってみればいいのに。変なおじさんかもしれないよ」とからかった。
会いたい思いは募るけれど、実際に会う訳にはいかない現実。苦しくて私はとうとうその人と別れる決心をした。（と言っても一度も会ったことがなく、どこの誰かも知らないのだが）
私は、海に行って砂浜の石を拾い、マジックで相合傘を描き、その下に彼と私のハンドルネームを添えた。そして「さよなら」と言って、石を砂浜に置いて帰った。
数か月後、「海で、こんなもの、見つけたよ」と職場の同僚がポケットから取り出して皆に見せたものがあった。
なんと、私が砂浜に置いてきた、あの小石だった！

ロマンチック街道

夢は叶う　その一

思いがけず夢見たことがある日突然、叶ってしまうという経験を、私はこれまで何度かしたことがある（何度かしたと控えめに書いたが、本心では何度もしたと思っている）。

中学時代に林芙美子の『放浪記』を読み、貧苦にめげず強く生き、ついには作家になった彼女をすごいと思い、私はあこがれた。将来、自分も林芙美子のように本を書ける人になりたいとその頃思った。

しかし、実際にはたいして読書をするでもなく、文芸サークルに属して文章修業の真似事をしてみるでもなく、ただ目の前の日々の生活に追われながら生きて来た。中学時代にそんなことを思ったことは多感な思春期の淡い夢と気にも留めてこなかったし、忘れていた。

更年期症状もなく過ごしていた五十代のある日、私は市内の書店にぶらりと入った。そして店頭に平積みにされている本を眺めていて突然、訳もなく妄想した。それは私が書いた本がその場に積まれている光景だった。空想癖のある私のいつもの妄想で例によって何の根拠もなかった。

当然、そんなことはすぐに忘れていた。

数年後、季節は秋だった。日曜日のその日、私は久しぶりに昼寝をした。目覚めると何故だか頭がいつになく冴えていた。そして急に文章を書きたくなった。もうその時は書く内容は頭の中で決まっていた。不思議なほどスラスラ書けた。原稿用紙六、七十枚の児童向けの話が、その日のうちに出来上がった。このグータラな私のどこにそんな力があったのかと自分でも驚くほどだった。

それから二年後、その原稿は挿絵が付いて本になり、市内のあの書店のあのコーナーに平積みで並んだ。お店の人が販売促進のポップまでつけてくれて……。

はじめに林芙美子のことを持ち出したので笑われてしまうだろうが、これは中学時代に私が抱いた夢が曲がりなりにも叶ったということではないだろうかと、お気楽オバサン（オバアサンとはまだ言いたくない）は思っている。

一人旅

娘が一時期、アメリカ南部、ジョージア州のサバンナという所にいたことがある。その娘に会いに一人旅をした。

成田発のデルタ航空を利用。機内は冷房が効きすぎていて寒く、温かい飲み物が欲しくなった。

キャビンアテンダントに「プリーズ、ジャパニーズティー」と言ったら、ちゃんとお茶が出てきた。日本語が結構通じそうな気がして、二度目には手抜きをして、「プリーズ、お茶」と注文した。ところが、出てきたのは水だった。

「オチャ」が「ウォーター」に聞こえたのだろうかと、がっくりした。

機内の温度にようやく体が慣れてきたころ、懲りずにもう一度、「プリーズ、ビール」と注文したら、今度は「牛乳」が出てきた。どうして私の「ビール」は「牛乳」になったのか？

苦笑しながら考えてみると、「ビール」の響きが「ミルク」に似ていることに気がついた。やはりちゃんと「ビア」と言って注文するべきだったのだろうか？

飛行機がアトランタに着いて、それからの乗り継ぎが大変だった。娘からは航空会社に預けた荷物を一旦受け取り、税関を通って、また航空会社に荷物を預けてサバンナ行きの飛行機に乗るように言われていた。

しかし、その荷物はどこで受け取るのか、どの列に並べば良いのかが私には分からなかった。「エクスキューズミー」と近くにいた金髪の女性に話しかけてみたが、その後が続かない。相手は私のいうことを理解しようと英語で話しかけてくれるのだが、「アイアム、ソーリー……」の状態だ。

そのやり取りを聞いていた日本人の若い女性が「ここはアトランタで降りる人の列です。乗り換えなら向こうです」と、手を指して教えてくれた。「地獄で仏」とはこのことだ。

サバンナ空港で娘の顔を見たときは『母をたずねて三千里』のマルコのような気持ちになっていた。

退職

五十八歳で退職した。振り返ってみれば反省点だらけの私だが、周りの人たちは温かく私を送り出してくれた。人の情けが身に沁み、何たる幸せ者かと思った。

ゆっくり話をしたことがない人からもプレゼントを頂いた。その人（女性）は私がその家の前を車で通りかかると、いつも笑顔で大きく手を振って見送ってくれた。最初は何だか気恥ずかしかったが、そのうち私も車の中から手を振り返すようになった。

笑顔で手を振って見送るというそれだけのことが、どれだけ人の心を和ませるかということを私は身をもって感じることができた。その人に会うといつも私は幸せな気分になった。

職場を去る日、みんなに見送ってもらい、私は普段より少し早い時刻に職場を出た。時間帯がいつもと違うので、その女性とはもう会えないだろうなと思っていた。

しかし、その家の前を通りかかると、彼女が慌てた様子で家から飛び出してきた。そして、「ちょっと待っててくれませんか」と言って家の中にとって返し、デパートの紙袋を抱えて戻って来た。

「笑顔が好きでした。お疲れ様でした」

そう言って紙袋を私に差し出した。私は嬉しくて涙がこぼれた。その人は私の車が見えなくなるまでずっと両手を高く上げて、「さよなら」と手を振って見送ってくれた。

家に帰って袋の中をあけてみると、お菓子と靴下とハンカチとひざ掛けが入っていた。メッセージも添えられていて、それによって初めて私は彼女の名前を知った。

ゆっくりと話をしたこともなかったのに、A・Hさんは私が退職すると知ってプレゼントまで用意して、いつ通りかかるとも分からない私を待ってくれていたのだと思う。なんと私は幸せ者かと思った。

ロマンチック街道

ヨーロッパ旅行にあこがれていた。一度は行ってみたいと思っていた。退職したのを機に、「人生のご褒美旅」のつもりで、夫とツアーに参加した。夫婦で野次喜多道中のように、笑える失敗をいっぱいした。それでも集合時刻はきちんと守り、まわりに迷惑をかけないよう、それだけは気を付けた。

ドイツの「ロマンチック街道」の見どころの一つ、ネルトリンゲンで事件（？）は起きた。

ネルトリンゲンは、巨大隕石が落下してできたという盆地の街。中世の城壁が完全に残っていて、教会を中心に放射線状に道が作られていた。

「これから一時間、自由行動です。集合は二時ちょうど。このマクドナルドの建物を目印に、時間厳守で帰って来てください」と添乗員さんは言った。

方向感覚には自信があったので、私は初めて訪れた街を夫と二人で歩き回った。そして、集合時刻を守るべく引き返したのだが、そこで失敗をした。放射線状の道の入り口をひとつ間違えてしまったのだ。まっすぐ行けばマクドナルドのはずだった所には、周囲に建物も人影もなかった。

いったい、どの方向に行けばマックはあるのか？　右か左か？　集合時刻まで、もうあまり時間がなかった。絶体絶命。

そこへ自転車で若い男性が通りかかった。すがる思いで「マクドナルド」「マック」と叫んで、なりふり構わずハンバーガーを食べる真似までした。意味が通じたかどうかも分からなかったが、その人が指さした方へ走った。

そこは高速道路に沿った草むらだった。草むらの中を、走れども、走れどもマックはなし。

「もう駄目だ、間に合わない」と思った時に、高速道路をはさんだ反対側にマクドナルド発見。しかし、もう高架橋のある所まで行って渡る余裕はない。車の往来の多い高速道路を、二人で手を挙げて命がけで渡った。

滑り込みセーフ。あれほど必死になって夫婦で全力で走ったことは後にも先にもない。

初コンペ

物を落とす

不器用な私はよく、物を落とす。

ある日、買い物に行ってレジに並んでいたら、前の女性が手に持っていたその店のポイントカードを落とした。それを拾おうとして今度はレシートのような物を落とした。そして、もう一度何か落とした（私がそれを拾ってあげたが、何だったか忘れた）。

この人も私と同じように不器用な人なんだと思うと、なんだか少しホッとした気分になった。

私の番が来た。合計二千百三十円。

その日、私は冊子状になった商品券の綴りを持っていたので、それで支払おうとした。

しかし、商品券はおつりがもらえないとのことで、小銭が必要になった。

レジの向こうで待っていた夫がさっと百円玉を差し出して、「あと三十円持っていないか」と、私に言った。

「ん、もう……。これを切り離すのにせいいっぱいなの……」と私は口の中でブツブツ。財布から十円玉を取り出そうとしたら、チャリン、チャリン、チャリーン！　小銭をそこら中に撒き散らかした。

私の前に並んでいた女性の時は、今日の私はそんなドジしないわよ、と幾分、余裕の気持ちで見ていたのだが、真打登場！　私の方がもっと派手だった。

「お前は、いつまでたっても変わらんのー」と、夫のつぶやきが聞こえた気がした。

買い物

買い物の失敗話は山ほどある。

仕事帰りに買い物をして、いざ夕飯の支度に取り掛かる。すると先ほど買ったものが何もない。買い物袋ごと姿が見えない。そういうことが度々あった。

なぜ、こういう失敗を繰り返すのか、自分でも不思議だった。

当時、私の行きつけの店ではレジには二人の店員さんがいて、ひとりは会計、ひとりは買ったものを袋に詰める作業をしてくれていた。

私は小銭を素早く財布から取り出すことが苦手だった（今も変わらない）。それで、大抵の場合、千円札、五千円札、一万円札を出して、それでお釣りをもらうようにしていた（している）のだが、どうもそこに原因の一つがあることに気がついた。

お釣りを受け取ると、もう私は何かもらったような気分になるのである。買った物を、もう一人の店員さんが、袋に詰めてくれている間に、もう「もらった」気分になった私はその場をさっさと立ち去る。私にはそういう「盲点」があった。子どもたちは私のその盲点を良く知っていて、一緒に買い物に行くと、しっかり私を見張ってくれていた。

最近は夫が積極的に買い物に行ってくれるので、もうそういうミスをすることはあまりなくなった。それに、今は買った物を自分で買い物袋に入れるしくみになっているお店が多い。

先日、買った物を自分で袋に詰め、しっかり手に持ち、これで完璧だと思いながら店を出ようとすると、「お客さまー。お客さまー」と店員さんに呼び止められた。

いったいどうしたというのか。ちゃんとお金を払い、お釣りも貰い、買った物も手に持っている。非の打ち所がないではないか。

すると相手は、「買い物かごに、これが残っていました。お客様のものではありませんか」と七味唐辛子の瓶をかざした。

それはまぎれもなく、私が、買った物。

初コンペ

カタカナに弱い。なかなか覚えられない。

ゴルフを習い始めて三か月くらいたった時、コーチが「コンペに参加しませんか」と声をかけてくれた。

「飲み会ですか？」

コーチは幾分当惑した顔をして、「飲み会があることもありますが、今回はそれはありません」と優しく答えてくれた。

「コンペ」と「コンパ」。それぞれの意味は知ってはいるつもりだが、どちらがコンペでどちらがコンパか、咄嗟の判断が私にはつきにくい。

初コンペの日はあいにく朝から雨だった。参加者は皆、ゴルフ用のレインウェアを身に着けていた。しかし、私はまだそれを持っていなかった。私は百円ショップで買ったポケットレインコートを着て、雨の中、初コンペにチャレンジした。

ゴルフを習い始めて、まだ三か月。コンペでうまく回れるはずがなかった。しかし、私には自分がへただという認識があまりなかった。コーチが誘ってくれたのだから出られるレベルなのかと素直に受け止めて参加した。

コンペが終わると、ホールで表彰式があった。初めての経験。周囲にはずらりと景品が並べられていた。

挨拶などがあって、いよいよ結果発表と授賞式。「敢闘賞」と告げられて、真っ先に私の名前が呼ばれた。

感動した。初コンペでいきなり敢闘賞！　私は、なんと運が良いのだろう。嬉しくて、手をたたいて喜んだ。そして「嬉しいです」と満面の笑みで感想を述べ、景品を受け取った。

そのあとすぐに分かったことがある。通常、ゴルフコンペでは一番成績の悪かった人に「敢闘賞」が与えられるのだということが……。ビリで大喜びした自分が恥ずかしい。

ハワイ旅行

何年か前、弟に誘われて、ハワイ旅行が当たるというゴルフコンペに参加した。私は、この日のためにゴルフスクールに通い、この日を目標にゴルフの練習に励んだ。

いよいよスタート。胸弾む。最初の一打。前方の木に当たって跳ね返った。ＯＢ寸前。気を取り直してもう一度。今度は大丈夫、そう思ったのに、またこれがカート道沿いの木に当たって跳ね返った。信じられない話だが、三打目も木に当たった。苦し紛れに「こんなに木に当たるってことは、ハワイ旅行が当たるってことかもしれない」と私は言い訳した。

こんな状況が相次ぎ、結局、スコアは１２４。最近にない最悪のスコアだった。この日を目標に練習を頑張ったのに……と落胆した。

帰り道、私は車を運転しながら「エーン、エーン」と声を出して本気の泣き真似をした。

本当に泣きたい気分だった。今まで、頑張って練習したことが全く報われない。入学試験に向けて勉強してきた受験生が、さんざんな答案を書いた時のような気分だと思った。

夜、コンペの表彰式兼宴会があった。こんなに成績が悪くて貰えるのは敢闘賞（ビリ）かブービー賞（ビリから二番目）。しかし、それらには他の人の名が呼ばれた。次々にいろいろな賞があり、呼ばれた人が壇上に上がって行く。もう私の名が呼ばれることはないだろうと諦めた。

「いよいよ最高賞品のハワイ旅行の発表です！」

司会者がおもむろに言うのを私は他人事のように聞いていた。

「イン64、アウト60、トータル１２４。こんなスコアでハワイ旅行が当たるところがどこにあるでしょう！」

参加者爆笑。私はポカンとしていた。なんとそのスコアは私のスコアだったのだ。名を呼ばれて壇上に上がり感想を求められた。

「夢のようです！」

まさに夢心地だった。

ハワイ旅行はコンペのスポンサーの企画で、五位、二十五位、四十五位、六十五位、八十五位と、五名に当るようになっていたのだという。

最近にないような悪いスコアで運よく（？）私は八十五位になったのだ。思い通りにゴルフができず、多打ちしたのもこの賞をゲットするため？　不思議な気分だった。

記念に、表彰式場の写真を撮っておこうと思った。ところがシャッターがどうしても下りない。写真が撮れない。

液晶画面を見ると、そこに今まで出たことのない虹色の「happy」という文字が出ていた。少々お酒を飲んでいたので操作を間違えたのかもしれないが、「happy」という文字が出た画面から撮影モードに切り替えができず、電源も切れずにキツネにつままれたような気分だった（家に帰り着いた時にはカメラは元にもどっていた）。

夫にハワイ旅行が当たったと報告すると、「嘘だ！」と言って信用しない。娘からは「コツコツ努力する人が報われるというのはウソなんやなあ。お母さんみたいにいい加減に生きている人が当たるなんて」と言われた。

後日、夫と五泊六日のハワイ旅行（夫は自費）。ハワイは連日、朝から晩までずっと雨だった。

夫婦げんか

夫婦げんかをよくする。私は半ばレクレーションのつもりだが、夫はどうだか分からない。

夫婦げんかの気配がすると、愛犬のフク（チワワ）は巻き込まれては大変と、隣りの部屋に避難しようとする。その様子がおかしくて、それでけんかが終わったりすることもある。

けんかの原因は、たいてい「犬も食わない」ほどの些細なこと。ある日は、雑巾を捨てる捨てないで、もめた。

私は、物がたくさんあることを好まない。シンプルなのが好きだ。その方が家も片づきやすい。不精していても、物が少ないとそれなりにすっきり見える気がする。

しかし夫はその真逆で、物を捨てられない。使い古して擦り切れたような服でも平気で着ている。捨てると怒る。下着などあまりに目に余る時は、気付かれないようにこっそり私が捨てている。

我が家はここ数年、家の外（西側）がごみ屋敷状態。そこは夫の管理区域で、農作業に使うのだと言って、捨てても良さそうなものをいっぱい溜めこんでいる。

あまりに見苦しいので一緒に片づけることにした。すると使い古しのタオルの山が出てきた。それは「雑巾にする」と言って私から奪い取ったもので、五十枚以上もあった。大半はすでに雑巾として使われた形跡のあるものだった。

未使用のものを七、八枚残して、私がそれをごみ袋に入れると、夫がすぐに気づいた。「それは要るのだ！」と血相を変えて怒り、ごみ袋から古いタオル（使用済みの雑巾）を取り出した。

こういうことでは片づきはしない。私は負けずに雑巾を奪い取って、またゴミ袋の中へ。そうはさせじと夫がまた取り出す。二人で雑巾の奪い合い。

そうやって雑巾を引っ張り合っているうちに私が後ろに転んで、仰向けになってもがく亀状態になってしまった。雑巾を捨てる捨てないでひっくり返っている自分がおかしくて、私は笑いが止まらなかった。

坐り込み

夫が糖尿病と診断されているにもかかわらず病院へ行かず、食べたいだけ食べて全く養生をせず困っていた頃のことである。

ある日、今日は絶対、夫を病院へ行かせようと決意し、病院行きを勧めた。夫は「そんなところへは行かない」と言って車に乗って外出しようとした。今日は私も引き下がってはいられない。絶対に病院へ行かせなくては……。

夫は急いで車に飛び乗った。私は夫を追いかけた。そしてバックさせようとする夫の車の後ろに立ち塞がった。

それでも夫は車をバックさせる。私は車を後ろから押してバックさせないようにする。夫と私の攻防戦だ。傍から見たらさぞ面白い場面だろうと思いながらも、こうなったら負けてはいられない。

そのうち車を押すのに疲れて、私は車の後ろに坐り込んだ。行くなら私を轢いて行きなさい——そういう構えだった。さすがに夫も出口を塞がれて動けなくなった。

そこへ娘が家から出てきて大笑いする。

「もう、お母さんったら、そんなところで体育坐りして！　それじゃあ、お父さんも出て行けないね」

夫も車から降りて、「お母さんが車をバックさせないよう後ろから押すので出られない」と娘に同調する。なんだか私も自分のしていることが普通の人のすることではないように思えて笑い泣きしてしまった。

結局、夫が降参。二人で一緒に病院へ行った。お医者さんに、きつくお灸をすえてもらい、少しは夫も自覚できた様子。帰りは病院へ行って良かったというような顔をしていた。

目下、あまり食事制限している様子は見られないが、夫は自主的に病院へは行っている。

唐辛子

もしもーし

頭を使うことがもともと苦手。年を取るほどに、それが嵩じて、他人様の頭を借りようとする傾向が出てきた。説明書きなど、はなから読む気が起きない。

こういう私に、パソコンの「リモートサポート」は助かる。分からないことや困ったことがあると電話して教えてもらうようになった。最近はパソコンは遠隔操作で、ほとんど担当者がやってくれて早く解決できる。

ある日、設定の仕方が分からず家の固定電話からサポートセンターに電話をかけた。サポートセンターの人が「お客様ＩＤとアクセスキーをパソコンに入力してください」と言った。しかし片手に受話器を持って、もう片方の手で手際よく入力する自信がない。「ちょっと受話器を置いて、パソコンに入力しても良いですか」と尋ねると、「どうぞ」と言った。

受話器を床に置いたまま入力。しかし手際よくできず、少し時間がかかった。

「お待たせしました。入力しました」

電話の受話器に向かって言った。

「…………」

サポートセンターからは応答がない。

私はもう一度大きな声で、「入力しました」と言った。相手は何も返事をしない。

こちらがアクセスキーを入力するのを間違えたりして時間がかかったので、その間にほかのお客さんの応対でもしているのかな、と思った。

私は、さらに声を大きくして言った。

「もしもーし！」

すると後方から、何やらくぐもった声がした。不思議に思いながら目をやると、そこには電話の受話器が転がっていた。

えっ、ではいったい、これは何？　手にしている物をよく見たら、パソコンのマウスだった。

ハンドドライヤー

新しくできた映画館に初めて行った時のこと。

上映が始まる前にトイレに行った。話題の映画が公開されるとあって、トイレは混雑していた。

用を済ませて洗面所へ。鏡に向かって化粧直しをしている人もいた。

私はサササッと手を洗い、洗面台の向かい側に設置されていたハンドドライヤーに手を差し込んだ。下から温風が出てきて水気を吹き飛ばし、濡れた手を乾かしてくれる便利な装置だ。

しかし、いっこうに風が出てこない。二、三度手を動かしてみたが、うんともすんとも言わない。

できたばかりの映画館なのに、もう故障なの？

怪訝に思いながら手元をよく見ると、私が手を差し込んでいたのはゴミ箱だった。温風が出ないはず。周囲の視線が気になって、急いでその場を離れた。

唐辛子

「ここに置いておいた唐辛子がない。どこに移したのか？」

「知らない。全然見かけなかったけど、どこに置いてたの？」

私が尋ねると、夫は車のボンネットの上だと言う。

「そんなところに置いてたの。全く見なかったけど……」

「昨日、ザルに赤い唐辛子をいっぱい入れて干していたんだ。どこに行ったんだろう」

そこで私は、ハッとした。思い当たることがあった。

前日、車に乗って出かけた帰り道。家の近くにあるアパートの曲がり角のところに唐辛子がたくさん落ちていたのだ。

唐辛子がこんなに落ちてる。誰が落としたんだろう。もったいないなー。どうしてこんなところに唐辛子が……。私は、アパートの庭にとまっていた軽トラックを「この車が落としたのかな？」などと思いながら通り過ぎていた。

あれは我が家の唐辛子だったのか。ボンネットの上に唐辛子のザルが置いてあるのに気づかず車を走らせ、あそこで振り落としたというわけか。

夫が苗から植えて丹精込めて育て収穫した赤唐辛子。うっかり者の妻にかかれば、こういう事態も発生する。（車のボンネットの上に置いた方にも幾分かの非はあると思う）

危険な話

「お前、俺を殺そうとしたんじゃないのか」

朝起きてきて夫がいきなり私に言った。

何を朝からふざけたことを言ってと思って振り向くと、首にパンストを巻きつけて夫が立っていた。

「首を絞められる夢を見た。苦しくなって目が覚めた。起きたらこれが首に巻き付いていた」

一体どうしたことか？　私には心当たりは全くない。

「私は幾ら何でもそういうことはしない。自分でしたんじゃないの。他に考えられない」

即座に否定したが、次の瞬間、ハッとした。もしかして、やっぱり私のせい？

昨夜、コンサートに出かけた。その際、久しぶりにスカートを穿いて行こうとした。パンストも穿いた。しかし、出かける直前になって急に気が変わった。やっぱり楽な服装が良い。

時間に余裕がなかったので、慌ててスカートとパンストを脱いでスラックスに穿き替えた。ちゃんと片づけて家を出たつもりだったが、パンストをベッドの上に置き忘れたままだったのかもしれない。

しかし、それがどうして夫の首に巻き付いてしまったのか？

これから先は推理小説のような謎解きだ。

トラブルを抱えている夫婦だったら大変なことになりかねない状況……。人生油断大敵！

職業欄

健康診断の申込書に職業を記入する欄があった。

〈農業・漁業・会社員・主婦・無職〉

該当するところを○で囲む形式だった。迷わず「主婦」に○を付けた。

ついでに、「この頃、手が震えて字が書きづらい」という夫の分も私が記入することにした。

職業欄のところで、はたとペンが止まった。「無職」に○を付ければよいのか？

ちょうど、夫はエプロンをつけて台所で夕飯の支度の真っ最中。ポテトサラダを作るべく、茹でたジャガイモをつぶしていた。炊飯器からはよい匂い。夫の得意料理の炊き込みご飯が出来上がりつつある。

私以上に「主婦」をしている夫が「無職」で、主婦業をろくにしていない私が「主婦」

(?)では、ちゃんと労働をしている夫に申し訳ない気がした。「主夫」欄があればいいのに……。

食卓には、炊き込みご飯・味噌汁・ポテトサラダ・ブロッコリー・夫が漬けた沢庵と白菜漬けが並んだ。それらの食材のほとんどは夫が自分で育てた野菜だった。

「私には、こんな真似はできないわ」と言いつつ、肩書上の「主婦」は、ただ食べ、感想を述べるだけ。

座敷わらし

夢は叶う　その二

六十代のある日、趣味でシャンソンを習っている友人が発表会に着る服を買うというので一緒にデパートに付いて行った。二階の婦人服売り場の一角にはそれにふさわしい衣装が並んでいて、どれもとても華やか。にわかに乙女（？）心をくすぐられて、私までうっとり見惚れる始末。

しかし、習い事をしているわけでもないわが身にはステージの上に立つ機会は皆無、他でそういう華やかな衣装を着る機会もゼロ。友達があれこれ衣装を選んでいる間に、私は隣りの売り場をウロウロ。

と、そこに気品のあるスーツ類が並んでいるコーナーがあった。値札をそっと見てみると、私がいいなと思ったスーツは十万近い金額だった。

この服が相応しいのは、東京での何かの授賞式の時だろう。もし何か表彰されるようなことがあって東京に行くような機会があったら、その時はへそくりをはたいてでもこの服を買ってもよい……。例のごとく私は何の根拠もなくそう思い、東京で表彰式に臨んでいる自分の姿を一瞬イメージした。もちろん、それは実現することは決してないと思える、まさに妄想以外のなにものでもないものだった。

それから一年くらい経ったある日。新聞にのった小論文募集の記事に目が留まった。私はなぜかそれが気になり、記事を切り抜いて取っておいた。

しばらくしてその記事のことをふと思い出して切り抜きを取り出してみると、なんとその日が応募の締め切り日だった。郵送ではもう間に合わない。でもメールで送ればまだ間に合う。ダメ元でチャレンジしてみる気になった。

還暦を機に中学の同級生たちと取り組んでいる、ふるさとの山に桜を植える活動について書くことにした。夕飯の支度は夫にまかせて、飯台の上に置いたパソコンに向かった。あともう少しで完成というところで、「ご飯ができたぞ。パソコンを片付けろ」と夫から言われたが、「ちょっと待って。もう少しだから」と言って何とか書き終えてメールを送信した。

半月くらい経った頃、突然、東京から電話がかかってきた。「受賞候補になっていますが、授賞式に出ることができますか」

驚いた。応募するにはしたが、まさか候補に残ろうとは思ってもいなかった。宝くじを買うくらいのつもりで応募したのだから。

しかし、即座に「行けます」と答えた。

数日して正式に書面で連絡が来た。大賞ではなかったが、その次の入賞に選ばれていた。授賞式の会場は東京銀座の時事通信ホール。壇上で発表もすることになっていた。

その時、ハッと頭に浮かんだのが、あのデパートのスーツ売場で私がおちいった妄想。あれが現実になったのだと思った。

翌日、私は早速、そのデパートに行って、まだ売れずに残っていたあのスーツを十万近い金額で買った。そして東京に行き、そのスーツを着て銀座の大ホールでの授賞式に臨み、発表もして入賞のトロフィーを戴いた……。

と書くと筋書き通りになるのだが、いざ現実となると、たった一日着るだけの服にそんな大金をかけるのはもったいない。家にあるものを着て行こうと思考回路が働き、以前セールで三千円で買ったジャケットを着て出席した。

夢と現実は若干ずれるところがあるけれど、ある日突然、それが叶ったりすることもあると意を強くした。

目下、一億円当たる夢を描いて年に二、三回宝くじを買ったりしている。先日、娘に「一億円当たったら、あんたに四千万円あげる」と言ったら、「そういう夢みたいな話で恩を着せられたくない」とピシャリと言われた。

親の葬儀で

自分でも信じられないような失敗をした。それも大失敗だと思っている。

母の葬儀の最中に、私は笑いが止まらなくなってしまったのだ。これは一体どうしたことか?

葬式で大笑いしたなんて話は聞いたことがない。私も必死で笑いを止めようとしたが止められない。抑えが効かない。

遺族席の最前列。妹も隣りで同じように笑っている。歯まで見せて笑っている。こんなことがあってなるものか。

親の葬式。しかも、多くの方々が参列してくれている。姉妹のこの失態に気づいたら皆、驚き、かつ呆れてしまうだろう。母の恥にもなってしまう。

頭の中では冷静に常識的なことを考えているのだが、笑いを止められない。かくなる上は、顔を隠すしかない。ハンカチを取り出し、広げて顔を覆った。妹もハンカチで顔を覆っている。しかし、隠せるものではなかった。

親の葬儀で大笑いしたバカ姉妹。その汚名を、私と妹は今も負っている（と思っている）。

母が死んで、笑いたいほど嬉しかったはずがない。喪失感でいっぱいだった。そのことが私と妹の感情のコントロールに影響したのではないかと思う。

まず、隣りに座っている妹が笑い始めた。なんと不謹慎なことかと私は怒り、肘でつついて止めようとした。振り向いた妹は、笑いで顔がぐちゃぐちゃにゆがんでいて、いつもの妹の顔ではなかった。その顔を見た途端、私も笑いに引き込まれて制御不能に陥ってしまった。

葬儀が終わると、遺族は式場の出口に並び、会葬者にお礼を述べることになっている。私たちもそうしたが、中には明らかに私と妹を咎めるような目で見て出て行く人がいた。弁解の余地はない。こんな非常識なことをしてしまって、入る穴があったら入りたい心境だった。一生の不覚。

お棺の中で母はハラハラしながら、このふつつかな娘たちの行動を見ていたに違いない。

後日、妹に何故、笑ったのか尋ねてみた。

「姉ちゃん、いつか子どもの頃の話をしたでしょ。この辺りのお葬式ではお坊さんがお経を唱えながら、チン、トン、シャーンと鉦や太鼓やシンバルのような物を鳴らす。だんだんそのテンポが速くなって、最後はチントンシャン、チントンシャン、チントンシャン……となっていく。子どもにはそれが面白くて、学校帰り、お葬式の家があると寄り道して、チントンシャーンが始まると傍でそれに合わせて踊ったりする子もいたと……。母さんの葬式で実際、チントンシャーンが始まったら、突然、その光景が頭に浮かんできて、私は笑いを抑えられなくなってしまったの」

妹はそう打ち明けた。

私の実家は禅宗の一派、曹洞宗で、その地域の多くの家が、その宗派。大学から東京暮らしの妹にとって、こういうお葬式はあまり馴染みのないものだったのではないかと思う。しかも、私がそのような子ども時代の話を過去に妹にしていたという経緯もあったようだ。さりとて、そんな言い訳は通用しない。

親の葬儀で大笑いしたバカ姉妹。

直接、誰かからそう言われたわけではないが、母の葬儀のあとしばらくは、自分が取り返しのつかないことをしでかしてしまったと情けなくて仕方がなかった。

　あれから三年がたつ。

　母は陽気で楽天的な人だった。お葬式の際は、お棺の中でこの娘たちの行状をハラハラしながら見ていたかもしれないが、今はいつもの母に戻って「笑って見送ってくれてありがとう」なんて呑気に笑っているかもしれない。（……と「喉元過ぎれば熱さ忘れる」性格のこの娘は、勝手にそう思ったりすることもある）

台所で

台所で肉じゃがを作ろうと一人でのんびり人参の皮をむいていると、夫が顔を出した。
夫はジャガイモを洗って包丁で皮をむき始める。私は鍋で肉を炒める。すると……。
夫「料理酒を入れんか！」
私「今、入れようとしていたのに……」
夫「そんなこと、思ってるはずがねえ」
私「あー、もう、うるさい！」
夫が玉ねぎを切り始めた。
私「玉ねぎは繊維と垂直になるように、厚さ一センチくらいに切るのよ」
夫「バカ言え！　そんな切り方は間違いじゃ」
私「じゃあ、そこにある料理の本を見て！　私は、今日は料理の本に忠実に作っているんだから……」
夫「絶対、そげんこつ書いちょるはずがねえ」
そう言いつつ料理の本を開いて確認する夫。
夫「へー、こげん切り方するんか」
私が鍋にジャガイモと人参を入れようとすると……。
夫「バカ！　玉ねぎが一番先じゃ」
私「違うよ。煮えにくいものから先に入れるのよ」
夫「バカ言え！　玉ねぎを先に入れると、うまみが出ていいんじゃ」
私「じゃあ、もう一度、その本を見て！」
夫「絶対、玉ねぎが先じゃ」
夫はそう言いつつ、料理本を見る。
私「どっちが先でしたか！」
夫「へー、お前の言うこともたまには当たるんじゃのー」
私「私の言うことはいつも正しいのよ！」
夫「バカ言え！」

私「もう！　どうしていつもバカバカ言うんね。いばっちょって！」
夫「もうほんと、バカにつける薬はねえ」
たまに夫婦で台所に立つと、いつもこういう感じである。お互い言いたい放題。破れ鍋に綴じ蓋か。それとも、合縁奇縁（？）。
（夫と娘が台所に一緒に立つと、とても和やか。静かに時が流れる）

バカ言え!!
もう!!
いばっちょって!!
COOK

座敷わらし

「座敷わらしの宿」として有名だった旅館が火事になったと、テレビで報道されたのを観たことがある。「座敷わらし」を見ると幸福になるというので、訪れる人が多かったとのことだった。

私は子どもの頃、よく「座敷わらし（?）」を見ていた（本当の話）。

私が生まれ育った家は江戸時代に建てられた茅葺屋根の古い家だった。小庄屋だったそうだ。私はその十畳の上座敷に曾祖母と一緒に夜は寝ていた。しょっちゅう熱を出す体の弱い子だった。

熱を出して一人で布団に寝ていると決まって、丈の短い着物を着て、髪を後ろで一つに束ねた男の子が現れた。その子はとてもやんちゃで、棒切れを持って天井を駆け回ったり、「あーかんべー」をして私をからかったりして、少しもじっとしていなかった。

「頭が痛い。静かにして！」

子どもの私は、その子に向かっていつも訴えた。しかし、その子はなかなか言うことを聞いてくれなかった。

困った私が、そのことを家族に話したことがあるが、誰もまともに取り合ってはくれなかった。

当時、私は「座敷わらし」という言葉があることを知らなかった。成長してその言葉を聞いたとき、あれはまさしく「座敷わらし！」と思った。

「座敷わらし」のいる家は栄えるという。しかし、私の実家が栄えたという記憶は何もない。「座敷わらし」をしょっちゅう見ていたこの私も、取り立てて言うほどの幸運はなし。

ネットで〈座敷わらし〉というキーワードで検索してみたら「女性は玉の輿に乗る」とあった。金運とは無縁の我が夫。「玉の輿」に乗ったとは思えない。

しかし、この気まぐれで不器用な私に愛想を尽かすことなく、長い年月、付き合ってくれた。

もしかして私は「玉の輿に乗った」と言えるのか？

そしてこの平凡な日々は、あの「座敷わらし」のお陰なのか？

おわりに

ボケ防止の役に立つかも？　と、あれこれ思い出しながら、ここまで書いてみたが、やはり文章を書けば性格が出る。雑だなあと思う。

しかし、分かっているけど、これ以上のことは書けない。一気に書けばそれで気持ちがスッキリして、もう見直す気が起きない。でも、まあ、これでいいかなと思う。整い過ぎたら、私じゃなくなる。

絵でもゴッホやピカソから、イラスト・漫画と、いろいろある。

背伸びして、整った文章を書こうとしても書けはしないし、仮に書いたとしても、それでは私らしさが失なわれてしまう。

「これでいいのだ！」（『天才バカボン』のパパの真似）

家の内情まで書きたい放題書いたが、軽く目を通した家族も、「やりたいことは、やればいい」と言ってくれた。

挿絵は、私の従妹の辛島早苗が快く引き受けてくれた（彼女の母は私の父の妹）。このコラボをあの世から喜んでくれる人たちもいるような気がする。

「何事も弾みでするのよ、弾みで。慎重に考えたら何もできないよ」と背中を押してくれた友もいる。

開き直って、これを本にすることにした。これを読んでどこかの誰かが「クスッ」と笑って一瞬でも気持ちが和んでくれたら嬉しいなと思う。

最後に、出版に際していろいろアドバイスして下さった方々に心よりお礼を申し上げます。

椎原はつ子

椎原はつ子（しいはら はつこ）

1948年生まれ。大分県豊後大野市出身、
臼杵市在住。
著書に「なまえをかえた犬」がある。

ぽんぽこぽんのすっぽんぽん

2019年4月20日　初版発行 ©

定価はカバーに表示してあります

著　者　**椎　原　はつ子**

発行者　**米　本　慎　一**

発行所　**不　知　火　書　房**

〒810-0024　福岡市中央区桜坂 3-12-78
電話　092-781-6962
FAX　092-791-7161
郵便振替　01770-4-51797

印刷／青雲印刷　　製本／岡本紙工

落丁本・乱丁本はお取替えいたします　Printed in Japan

ISBN978-4-88345-118-0　C0095